NUESTRO GOBIERNO FEDERAL

LA PRESIDENCIA

Simon Rose

Entre a **www.openlightbox.com** e ingrese el código único de este libro.

CÓDIGO DE ACCESO

LBXC6273

Lightbox es una completa solución digital para enseñar y aprender temas curriculares de una manera original e innovadora. Lightbox se basa en las Normas Curriculares Nacionales.

CARACTERÍSTICAS ESTÁNDAR DE LIGHTBOX

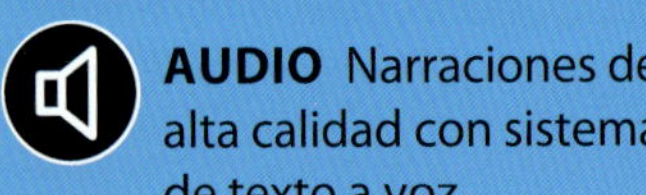

AUDIO Narraciones de alta calidad con sistema de texto a voz

ACTIVIDADES PDFs imprimibles que pueden enviarse por correo electrónico y calificarse

PRESENTACIÓN EN DIAPOSITIVAS Ilustraciones gráficas de los conceptos clave

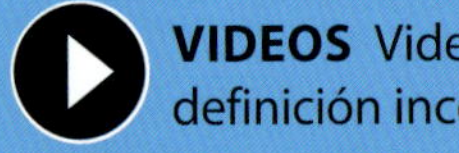

VIDEOS Videoclips de alta definición incorporados

ENLACES WEB Enlaces cuidadosamente seleccionados con recursos seguros para niños

TRANSPARENCIAS Capas paso a paso de mapas, diagramas, cuadros y cronologías

MAPAS INTERACTIVOS Mapas interactivos e imágenes satelitales aéreas

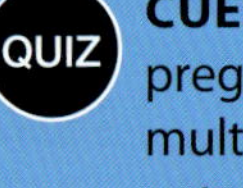

CUESTIONARIOS Diez preguntas de elección multiple con puntaje automático que se envían por correo electrónico al docente para su evaluación

PALABRAS CLAVE Combinación de los conceptos clave con sus definiciones

CONTENIDOS

Código de acceso a Lightbox 2
El presidente de los Estados Unidos 4
El sistema de gobierno federal 7
¿Qué es la presidencia? 8
¿Cuál es el rol del presidente? 11
La historia de la presidencia 12
Los presidentes a lo largo del tiempo . . . 14
La residencia ejecutiva 16
La vida del presidente de EE.UU. 19
Roles importantes 20
¿Cómo se elige un presidente? 22
Presidentes destacados de los Estados Unidos 24
De cara al futuro 26
Nosotros, el pueblo 28
Cuestionario 29
Palabras clave 30
Índice 31
Ingresa a www.openlightbox.com 32

El presidente de los Estados Unidos

El presidente de los Estados Unidos es la cabeza del Estado. Esto significa que es el líder máximo del gobierno de la nación. Un gobierno es un grupo de funcionarios que toman decisiones en nombre de otra gente. El gobierno estadounidense influye en muchos aspectos de la vida de los Estados Unidos de Norteamérica. Estados Unidos es un país democrático. Esto significa que el pueblo elige a sus funcionarios.

El gobierno de EE.UU. tiene tres poderes. Los miembros del poder legislativo sancionan las leyes. El poder legislativo está compuesto por el Senado y la Cámara de Representantes, las dos partes del Congreso. El poder judicial está compuesto por los tribunales del país y la Corte Suprema. Esta corte es un tribunal con poder sobre todos los demás tribunales del país. Los miembros del poder judicial pronuncian fallos de acuerdo a su interpretación de la **Constitución** de EE.UU.

La tercera rama del gobierno estadounidense es el poder ejecutivo. Los miembros del poder ejecutivo implementan las leyes. El poder ejecutivo está compuesto por el presidente, el **Gabinete** y diferentes organismos gubernamentales.

▶ Washington, D.C. fue elegida como la capital de la nación en 1790. Lleva el nombre del primer presidente de EE.UU., George Washington.

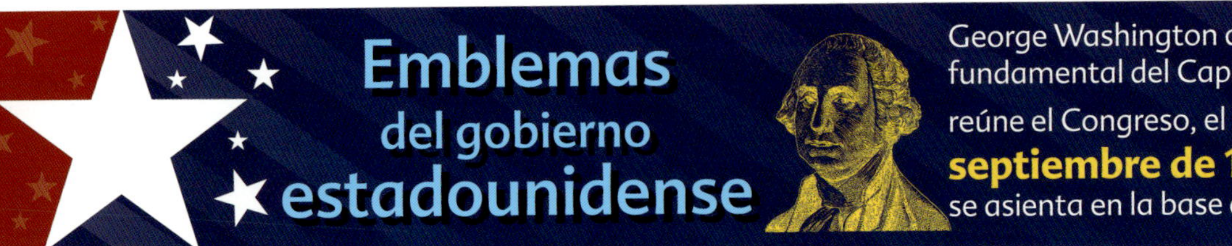

George Washington colocó la piedra fundamental del Capitolio, donde se reúne el Congreso, el **18 de septiembre de 1793**. La piedra se asienta en la base de dos paredes.

El **primer presidente** que vivió en la Casa Blanca fue John Adams. Se mudó al edificio antes de que lo terminaran.

La dirección del edificio de la Corte Suprema es **1 First Street, NE, Washington, D.C.**

Los poderes del gobierno estadounidense

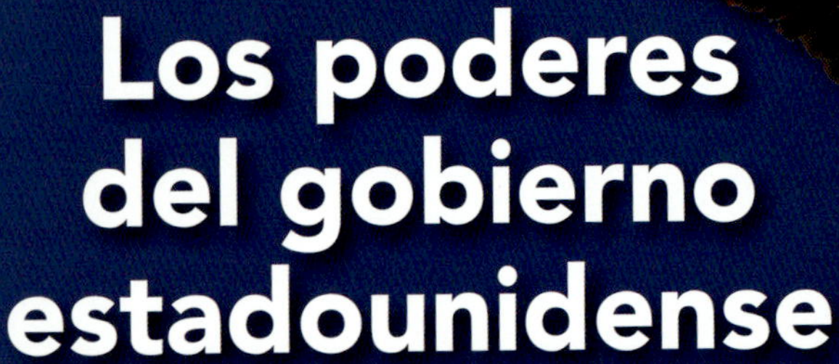

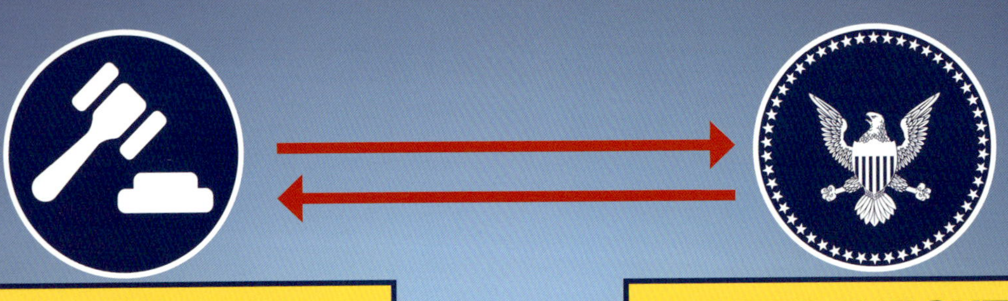

PODER LEGISLATIVO

CONGRESO

Senado

Cámara de Representantes

PODER EJECUTIVO

PRESIDENTE

Vicepresidente

Oficina Ejecutiva

Gabinete

Personal de la Casa Blanca

Otros organismos

PODER JUDICIAL

CORTE SUPREMA

Tribunales de apelaciones

Tribunales de distrito

El sistema de gobierno federal

Los tres poderes del gobierno se equilibran entre sí. El presidente puede **vetar** una ley del Congreso. También sugiere los jueces que quiere incorporar a la Corte Suprema, pero el Senado debe aprobar a los jueces elegidos. La Corte Suprema puede derogar una ley si sus miembros consideran que va en contra de la Constitución de EE.UU. El Congreso puede remover al presidente de su cargo.

Estados Unidos tiene un sistema de gobierno federal. Esto significa que hay un gobierno central fuerte. Los tres poderes federales tratan los problemas que afectan a todo el país. Por ejemplo, los funcionarios federales hacen tratados comerciales con otros países.

Cada estado tiene, además, un gobierno con su propia constitución. El jefe ejecutivo de un estado es el gobernador. Los estados también tienen un congreso y sus propios tribunales.

Los estados toman sus propias decisiones con respecto a la educación, los delitos y otros temas. Cada nivel del gobierno cumple un rol diferente, pero pueden surgir disputas entre el gobierno federal y los gobiernos estatales. A veces, la Corte Suprema debe dirimir la cuestión.

Los gobiernos locales se encargan de sus parques, escuelas y otras organizaciones. La mayoría de los estados se dividen en áreas llamadas condados, con excepción de dos. Luisiana tiene pedanías y Alaska tiene municipios. Estas áreas se dividen a su vez en regiones más pequeñas, como ciudades o municipios. Sus funcionarios se encargan de los servicios de la policía, bomberos y emergencias médicas. También manejan los sistemas de desagües y recolección de residuos de sus respectivas regiones.

¿Qué es la presidencia?

El presidente está a cargo de todo el poder ejecutivo del gobierno federal. Esto significa que los demás miembros de este importante poder le reportan al presidente. Esto incluye a las personas que trabajan en la Oficina Ejecutiva del Presidente (OEP) así como a los demás departamentos y organismos. El presidente es, además, el comandante en jefe de las fuerzas armadas estadounidenses.

Cada departamento u organismo implementa leyes federales sobre un tema, como agricultura, prácticas comerciales o salud pública. El presidente nombra a los jefes de estos departamentos y organismos. Muchos de estos funcionarios trabajan en el Gabinete.

El presidente es quien promulga los proyectos de ley, que son las leyes propuestas por el Congreso. Además, el presidente se reúne con los líderes extranjeros y decide los planes y objetivos de los acuerdos de EE.UU.
El presidente firma acuerdos con países extranjeros. Las elecciones para presidente se realizan cada cuatro años.

El *Air Force One*. El presidente tiene dos aviones especiales, llamados *Air Force One*. Tienen tres pisos para el presidente, otros funcionarios y la guardia. Cada avión tiene una radio que puede captar a otros aviones, gente en tierra y máquinas en el espacio. Estos aviones especiales pueden recargar combustible en vuelo. Pueden volar prácticamente por todo el mundo con solo un tanque de combustible.

▲ El entonces presidente Barack Obama y los ex presidentes George W. Bush, Bill Clinton, George H. W. Bush y Jimmy Carter asistieron a la inauguración del Centro Presidencial George W. Bush en 2013.

◀ Más de 30 millones de televidentes vieron la toma de posesión del presidente Donald J. Trump el 20 de enero de 2017.

▲ George H. W. Bush era el comandante en jefe durante la Guerra del Golfo Pérsico, que se combatió en Medio Oriente entre 1990 y 1991.

◀ El Artículo II de la Constitución estadounidense describe el rol del presidente.

¿Cuál es el rol del presidente?

La Constitución estadounidense describe el rol y las facultades del presidente. Por ejemplo, el presidente nombra a los **embajadores**, jueces y otros funcionarios. Sin embargo, estas personas no pueden asumir su cargo hasta que el Senado apruebe sus nombramientos. El Senado suele realizar **audiencias** para determinar si la persona es idónea para ocupar estos cargos.

Después de la Revolución Americana, los líderes del país creyeron que la gente necesitaba una fuerza militar que la protegiera. Pero, también temían que un general pudiera adquirir mucho poder y quisiera tomar el gobierno. Por eso, decidieron que el presidente debía ser, además, el comandante en jefe de las fuerzas armadas.

Muchos presidentes han usado su facultad de enviar tropas a lugares remotos del mundo. Los presidentes también pueden firmar tratados, o acuerdos, con otros países. Para que un tratado entre en vigencia, el Senado debe aprobarlo. Dos tercios de los senadores presentes deben votar a favor del tratado. El presidente también recibe a los embajadores y otros funcionarios extranjeros que llegan a los Estados Unidos.

El Estado de la Unión. El discurso del Estado de la Unión se hace una vez al año, en enero o febrero. El presidente habla a las dos cámaras del Congreso en el recinto de la Cámara de Representantes. En su discurso, el presidente suele hablar de los problemas importantes que afectan al país y ofrece ideas para solucionarlos. Por lo general, sugiere la creación de nuevas leyes o políticas.

La historia de la presidencia

Como general y héroe de la Guerra Revolucionaria Americana, George Washington hizo que la gente aprendiera a respetar el cargo de presidente. Como primer presidente, Washington formó un Gabinete de líderes para que lo asesorara. Él y Thomas Jefferson, que fue presidente desde 1801 hasta 1809, ayudaron a formar el rol del presidente como alguien que trataba con otras naciones.

Los fundadores de la patria no querían un presidente tan poderoso como un rey. Sin embargo, durante las emergencias, los presidentes adquirieron mucho poder. Por ejemplo, Abraham Lincoln adquirió más facultades durante la Guerra Civil, que duró desde 1861 hasta 1865. Suspendió el hábeas corpus, que es el derecho a juicio, en algunas situaciones.

Theodore Roosevelt fue presidente entre 1901 y 1909 y aumentó el poderío estadounidense en todo el mundo. Roosevelt incorporó una tarea más a la presidencia, que era actuar en nombre del pueblo. Por ejemplo, ayudó a levantar una huelga de mineros que habría dejado sin combustible a los hospitales, hogares y escuelas.

Franklin D. Roosevelt fue presidente durante la **Gran Depresión**. Presentó un programa llamado el Nuevo Trato para ayudar a la recuperación del país. Para alcanzar sus metas, creó muchos organismos federales nuevos.

▶ El presidente Theodore Roosevelt era famoso por sus fuertes discursos. Una de sus citas más conocidas es "Habla suavemente y lleva un gran garrote".

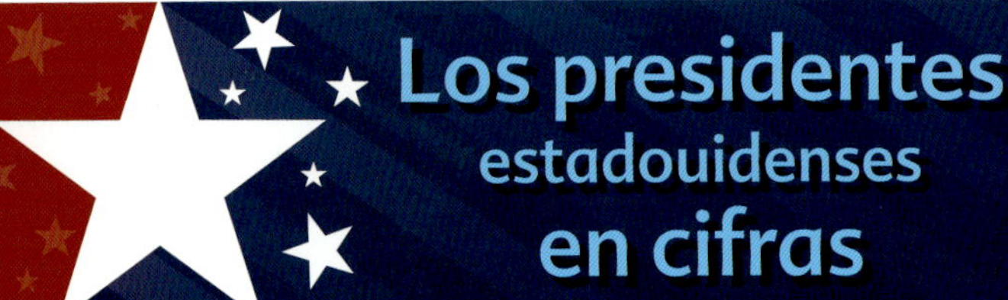

James Madison fue el presidente más bajo. Medía solo **5 pies y 4 pulgadas** de alto.

El presidente que tuvo la **mayor** cantidad de **nietos** fue William Henry Harrison, con **25** nietos.

El presidente **más viejo** fue Ronald Reagan, que ocupó su cargo hasta los **77** años.

Los presidentes a lo largo DEL TIEMPO

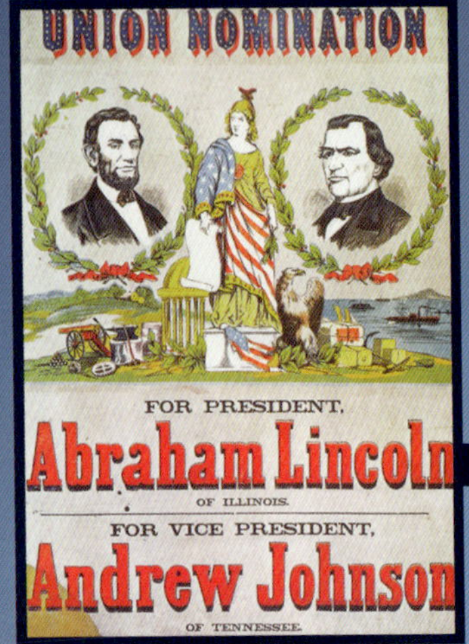

1796 Después de dos mandatos como presidente, George Washington escribe su Discurso de Despedida, publicado el 19 de septiembre.

En su discurso, Washington insta al país a mantenerse alejado de las guerras. Washington también quería que los estadounidenses fueran más leales a sus **partidos políticos** o a las áreas donde vivían que a la nación.

1861 Abraham Lincoln asume el cargo después de oponerse a la expansión de la esclavitud hacia las regiones del oeste.

Los pueblos del sur temían que Lincoln pusiera fin a la esclavitud. Para cuando asumió el cargo, siete estados del sur habían formado los Estados Confederados de América. Pronto, se unieron cuatro estados del sur más y comenzó la Guerra Civil. Durante los cuatro años que duró la lucha, Lincoln trató de mantener al país unido. Lincoln fue **asesinado** en abril de 1865, poco después de la derrota de los estados del sur.

1920 La elección de Warren Harding es la primera en la que pueden votar las mujeres.

1940 Franklin D. Roosevelt consigue un tercer mandato, a pesar de que los presidentes que lo antecedieron no tuvieron más que dos mandatos.

Washington estableció la tradición de que los presidentes podían ejercer su cargo solo por dos mandatos. Sin embargo, Roosevelt fue elegido por primera vez en 1932 y reelegido en 1936. Sus seguidores lo instaron a que se postulara nuevamente en 1940. En Europa y Asia había comenzado la Segunda Guerra Mundial. Roosevelt creía que era necesario un liderazgo fuerte y ganó fácilmente las elecciones. Cuatro años más tarde, en mitad de la guerra, fue elegido por cuarta vez.

El presidente tiene uno de los trabajos más importantes del mundo. Como jefes de estado, los presidentes han tenido un papel central en la historia estadounidense. Los presidentes han cumplido diferentes roles al tener que enfrentarse a los problemas de su época.

1951 La vigésima segunda **enmienda** de la Constitución estadounidense limita a los presidentes a dos mandatos.

1963 El 22 de noviembre, el presidente John F. Kennedy es asesinado durante una visita a Dallas, Texas.

Kennedy, el gobernador de Texas John Connally y sus respectivas esposas viajaban en un automóvil descapotable durante un desfile por el centro de Dallas. Mientras la gente los saludaba al pasar con el auto, sonaron los disparos que hirieron a Kennedy, que estaba en el asiento trasero. El presidente fue llevado de inmediato al hospital pero falleció a las pocas horas. Su muerte tuvo un gran impacto en la nación.

1974 En agosto, el presidente Richard Nixon se convierte en el primer presidente en renunciar a su cargo.

Durante las elecciones de 1972, entraron ladrones a las oficinas del partido demócrata en el edificio Watergate de Washington, D.C. Los ladrones estaban vinculados con el equipo de Nixon y el partido republicano. Cuando le preguntaron, Nixon dijo que no estaba involucrado en el hecho, pero unas grabaciones de conversaciones en la Casa Blanca revelaron que sabía del delito cometido y lo había encubierto. El encubrimiento se hizo conocido como el escándalo Watergate.

2017 Donald J. Trump se convierte en presidente de los Estados Unidos. Es el presidente número 45 de la historia del país.

La residencia ejecutiva

La Casa Blanca es la residencia oficial, o casa, del presidente y su familia. Este famoso edificio está ubicado en el 1600 Pennsylvania Avenue, NW, Washington, D.C. La Casa Blanca tiene oficinas para el presidente y su equipo mayor. También tiene salones para ceremonias oficiales.

▼ La Casa Blanca tiene un centro de visitas que está abierto todos los días menos en Año Nuevo, Día de Acción de Gracias y Navidad. En el centro, se pueden ver películas educativas y objetos históricos.

Una mirada detallada

Las habitaciones donde viven el presidente y su familia se encuentran en el segundo piso del sector central de la Casa Blanca. A los costados está el Ala Este y el Ala Oeste. El presidente trabaja en el Ala Oeste. La mayoría de las personas que visitan la Casa Blanca, ingresan por el Ala Este, donde se encuentran las oficinas del personal.

1 LA PLANTA DE ESTADO

El primer piso de la Casa Blanca se llama Planta de Estado. En esta parte del edificio se encuentra el Salón Azul, donde el presidente recibe a sus invitados. En la Planta de Estado también está el Salón Este y el Comedor de Estado, que se usa para los eventos especiales.

2 EL DESPACHO OVAL

La oficina del presidente se llama Despacho Oval por su forma. Durante su mandato, muchos presidentes han usado el escritorio Resolute. Este es un escritorio hecho con la madera de un barco británico, el Resolute, que la Reina Victoria de Gran Bretaña regaló a la Casa Blanca en 1880.

3 LA SALA DEL GABINETE

La sala del Ala Oeste donde el presidente se reúne con los miembros de su Gabinete y otros funcionarios se llama Sala del Gabinete. El presidente se sienta en el centro de la mesa. Los miembros del Gabinete a cargo de los departamentos más antiguos se sientan más cerca del presidente.

4 LA SALA DE CRISIS

La Sala de Crisis es en realidad un grupo de salas debajo del primer piso del Ala Oeste. Esta área cuenta con personal permanente las 24 horas del día, los siete días de la semana, que rastrea información militar y política. A través de tecnología de última generación, el presidente se comunica con funcionarios de todo el mundo.

Actos políticos

Condecoraciones

Discursos militares

Datos sobre los presidentes estadounidenses

Con solo **43 años**, John F. Kennedy fue el presidente electo más joven de la historia de EE.UU.

La vida del presidente de EE.UU.

Todas las mañanas, un miembro del equipo le muestra al presidente la agenda del día. El día del presidente está lleno de **informes**, discursos, ceremonias y otras reuniones o eventos. El presidente recibe los informes de los directores de la Oficina Federal de Investigaciones (FBI), la Agencia Central de Inteligencia (CIA), la Agencia de Seguridad Nacional (NSA) y el Departamento de Seguridad Nacional (DHS). Estos grupos informan al presidente sobre los problemas que requieren de atención.

El presidente asiste a reuniones para evaluar planes de acción. Se reúne con miembros del Congreso para instarlos a que voten a favor de determinados proyectos de ley. Durante su día, el presidente suele tener charlas con sus asesores y también puede llegar a reunirse con gobernadores para enterarse de los problemas que afectan a sus estados. El presidente y su familia reciben a las personas que visitan la Casa Blanca para las ceremonias o eventos. Hablan con los periodistas, dan discursos y hacen declaraciones durante el día.

Los presidentes suelen pasar cerca de dos meses al año viajando por el país. También pasan cerca de un mes fuera del país. Se reúnen con los líderes de otros países, asisten a conferencias y visitan a las tropas estadounidenses. El trabajo del presidente nunca termina realmente. Siempre existe la posibilidad de que el teléfono suene en mitad de la noche por alguna emergencia.

En **1901**, el presidente Theodore Roosevelt llamó Casa Blanca al lugar donde vive el presidente. Antes, se la llamaba de diferentes maneras, como por ejemplo, el palacio presidencial.

El **primer presidente** al que le tomaron una fotografía fue James Polk.

Roles importantes

Muchos de los que asesoran al presidente están en la Oficina Ejecutiva de la Presidencia. El Senado debe aprobar a algunos de estos funcionarios. El jefe de personal dirige la Oficina Ejecutiva. Este funcionario contrata y maneja a los miembros del personal de la Casa Blanca. El jefe de personal controla quién puede reunirse con el presidente.

El secretario de prensa de la Casa Blanca se reúne a diario con periodistas y se lo suele ver en las noticias. El secretario de prensa da información sobre el presidente y responde las preguntas de los periodistas.

El vicepresidente (VP) forma parte del Gabinete y puede hacerse cargo de la presidencia si es necesario. Algunos VP tienen trabajos especiales, como representar al presidente en los viajes al extranjero. Muchos VP trabajan para convencer al Congreso de que sancione leyes que el presidente apoya.

El Gabinete está formado también por los directores de los departamentos federales más importantes, que reciben el título de "secretarios", salvo por el jefe del Departamento de Justicia, que se llama procurador general. El presidente también puede incluir asesores especiales en su Gabinete.

El Gabinete. Los departamentos del Gabinete se listan en el orden en que su director asumiría la presidencia si fuera necesario en caso de emergencia. **1. Estado 2. Tesoro 3. Defensa 4 Justicia 5. Interior 6. Agricultura 7. Comercio 8. Trabajo 9. Salud y Servicios Humanos 10. Vivienda y Desarrollo Urbano 11. Transporte 12. Energía 13. Educación 14. Asuntos de Veteranos 15. Seguridad Nacional**

▲ Cuando Bill Clinton fue presidente, Robert Rubin era su asesor económico y luego fue secretario del Tesoro. Rubin informaba al presidente sobre cuestiones económicas.

◀ El vicepresidente Lyndon B. Johnson asesoró al presidente John F. Kennedy sobre el programa espacial de EE.UU. a principios de los años 60. Johnson asumió como presidente después de la muerte de Kennedy.

¿Cómo se elige UN PRESIDENTE?

1 Los requisitos

Solo pueden postularse para este cargo personas nacidas en los Estados Unidos o nacidos en otro lugar pero cuyos padres sean ciudadanos estadounidenses. La persona debe ser mayor de 35 años y debe haber vivido en el país durante al menos 14 años para poder postularse.

2 Las primarias

Los principales partidos políticos son el republicano y el demócrata. Cada uno elige a un candidato. Para eso, muchos de los estados realizan elecciones primarias para elegir al candidato. Otros realizan **elecciones internas**.

3 Las convenciones

En el verano de un año de elecciones, cada partido realiza una gran reunión llamada convención. Cada estado envía miembros de su partido que votan por un candidato de acuerdo a los resultados de sus primarias o internas. Estos miembros **nominan** al ganador.

Los candidatos a presidente suelen tener experiencia en la política. Muchos ya han sido gobernadores o miembros del Congreso. Algunos también han tenido cargos militares. El proceso de elección presidencial tiene varios pasos, incluida la elección del vicepresidente.

4 Las campañas

Los candidatos a presidente y vicepresidente comienzan a **hacer campaña** en cuanto terminan las convenciones. Viajan por todo el país dando discursos y asistiendo a eventos. Participan de debates con otros candidatos.

5 Las elecciones

La elección presidencial se realiza a principios de noviembre. La gente vota por el candidato que considera más apropiado para el cargo de presidente. Luego se hace el recuento de todos los votos. El total de estos votos se llama el voto popular.

6 El colegio electoral

Cada estado tiene personas que actúan como "electores". La cantidad de electores de cada estado equivale al total de senadores y representantes de la Cámara del estado. La persona con el mayor voto popular en cada estado obtiene los votos electorales de ese estado. El que tiene la mayor cantidad de votos electorales se queda con el cargo.

PRESIDENTES DESTACADOS DE LOS ESTADOS UNIDOS

1 George Washington

Mandato: 1789-1797

Washington comandó el Ejército Continental durante la Guerra Revolucionaria Americana. Asistió a la convención de Filadelfia, Pensilvania, donde se creó la Constitución estadounidense. Mientras fue presidente, Washington pidió ser llamado "Sr. Presidente" en lugar de "Su Alteza" como sugerían otros. Mount Vernon, en Virginia, fue la casa de George Washington, que puede ser visitada por el público.

2 Thomas Jefferson

Mandato: 1801-1809

En 1776, Jefferson fue el principal autor de la Declaración de la Independencia. Como 3er presidente, estuvo a cargo de la Compra de Luisiana, en 1803, cuando el gobierno estadounidense le compró a Francia una amplia región entre el río Mississippi y las Montañas Rocosas, prácticamente duplicando el tamaño de los Estados Unidos. Monticello, en Charlottesville, Virginia, fue la casa de Jefferson. Se pueden hacer visitas y ver las exhibiciones del lugar.

3 Abraham Lincoln

Mandato: 1861-1865

Lincoln fue el décimo sexto presidente. Puso fin a la esclavitud y dirigió al país durante la Guerra Civil. Durante el gobierno de Lincoln, el Congreso sancionó la Ley de Asentamientos Rurales, que otorgaba tierras en el oeste a quien quisiera asentarse allí. También tuvo un papel clave en la construcción del primer trazado ferroviario de costa a costa. La Biblioteca Presidencial y el Museo Abraham Lincoln se encuentra en Springfield, Illinois.

4 Dwight D. Eisenhower

Mandato: 1953-1961

Eisenhower fue un general de la Segunda Guerra Mundial. En 1953, puso fin a la Guerra de Corea, en la que las tropas estadounidenses habían estado peleando desde 1950. En 1954, la Corte Suprema dictaminó que la segregación en las escuelas públicas era inconstitucional. Como el presidente número 34, Eisenhower envió tropas federales a Arkansas para hacer cumplir el fallo. La Biblioteca Presidencial, Museo y Casa Natal de Dwight D. Eisenhower se encuentra en Abilene, Kansas.

5 Barack Obama

Mandato: 2009-2017

Obama fue senador en Illinois y miembro del Senado de EE.UU. antes de ser el cuadragésimo cuarto presidente. Fue el primer presidente afroamericano. Obama nació en el Hospital Materno Infantil Kapiolani de Honolulu, Hawái.

Washington

Oregon

Idaho

Nevada

California

Arizona

Las personas que ocupan el cargo de presidente son recordadas por los hechos ocurridos durante su mandato. Muchos han tomado medidas importantes para el crecimiento del país. Los presidentes han tenido roles importantes en muchos acontecimientos mundiales.

De cara al futuro

A veces, se generan momentos de tensión entre el presidente y el Congreso. Estos desacuerdos suelen ocurrir cuando el presidente pertenece a un partido político y la mayoría del Congreso pertenece al otro partido. Por eso, algunas personas creen que el Congreso pone obstáculos solo porque el presidente lidera el partido opositor. Otros dicen que muchas veces los presidentes proponen ideas que el Congreso jamás apoyaría. Para que se puedan hacer cosas en el futuro, estos dos poderes tendrán que buscar la forma de trabajar más unidos.

El significado de la privacidad también es un problema permanente. El FBI, la CIA y la NSA ayudan a proteger la seguridad del país. Reúnen información sobre actividades ilegales. A veces, estos organismos interceptan las llamadas telefónicas, correos electrónicos y otros mensajes que envían y reciben los estadounidenses. Algunos creen que los ciudadanos tienen derecho a la privacidad y que no es necesario realizar estas acciones para proteger la seguridad de la gente. Las tres agencias federales que recolectan información reportan al presidente. En el futuro, el presidente deberá decidir qué es lo que pueden y no pueden hacer.

El envío de tropas. A veces, las crisis en otros países generan muchas muertes y daños extremos. Algunos creen que Estados Unidos debería usar sus fuerzas armadas para poner fin a ese tipo de sufrimiento. Otros creen que no debería poner en riesgo a sus soldados a menos que el país esté en peligro. En adelante, los presidentes deben considerar los beneficios y riesgos de iniciar acciones militares.

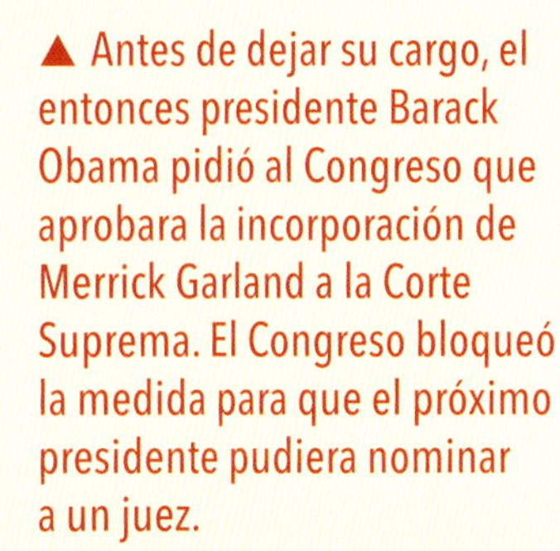

▲ Antes de dejar su cargo, el entonces presidente Barack Obama pidió al Congreso que aprobara la incorporación de Merrick Garland a la Corte Suprema. El Congreso bloqueó la medida para que el próximo presidente pudiera nominar a un juez.

◀ El poder ejecutivo trabaja para proteger la seguridad de la información en línea, como los resúmenes bancarios de la gente, pero algunos creen que recolecta información que no necesita.

NOSOTROS, EL PUEBLO

Objetivos: Analizar y reflexionar sobre el rol del presidente

Contexto: La Constitución original de EE.UU. se firmó en 1787. Comienza con una introducción llamada Preámbulo. El resto del documento está dividido en artículos. Hay siete artículos en total. En los años posteriores a su firma, los líderes del país hicieron una serie de cambios en el documento original. A los artículos originales se les agregó una serie de enmiendas. En total, hay 27 enmiendas. Los académicos tardan años en estudiar y entender por completo la Constitución, que es la ley del territorio de los Estados Unidos, pero una forma de empezar es pensar en las leyes que establece. Simplemente, sigue estos pasos:

1. Junto a un compañero o grupo reducido respondan la pregunta "¿Cuál es el rol del presidente de los EE.UU."? Expresen sus ideas y anótenlas.
2. Lean la Sección 2 y la Sección 3 del Artículo II juntos. Comienza así: "El presidente será el Comandante..." y "Oportunamente, el presidente..." Tomen nota de los puntos más importantes.
3. Hablen sobre lo que hace el presidente. Busquen los detalles en la Constitución.
4. Escriban un párrafo sobre este tema. Redacten una oración temática, o primera oración, respondiendo la misma pregunta: "¿Cuál es el rol del presidente?"

CUESTIONARIO

1 ¿Quién fue el primer presidente que vivió en la Casa Blanca?

2 ¿En qué poder del gobierno federal trabaja el presidente?

3 ¿Qué significan las letras OEP?

4 ¿Cómo se llaman los aviones que usan los presidentes estadounidenses?

5 ¿Cómo se llama el discurso que da el presidente a ambas cámaras del Congreso todos los años?

6 ¿Quién fue el primer presidente en renunciar?

7 ¿Cuál es la dirección de la Casa Blanca?

8 ¿Quién fue el presidente más joven?

9 ¿Cómo se llama la oficina donde trabaja el presidente?

10 ¿Cuál es la edad mínima para poder postularse para presidente?

RESPUESTAS: 1. John Adams **2.** Poder ejecutivo **3.** Oficina Ejecutiva del Presidente **4.** Air Force One **5.** El Estado de la Unión **6.** Richard Nixon **7.** 1600 Pennsylvania Avenue, NW **8.** John F. Kennedy **9.** El despacho oval **10.** 35 años

Palabras clave

asesinado: cuando se mata a una persona de poder, como un presidente, por cuestiones políticas

audiencias: reuniones especiales de un comité u otro grupo en las que personas que no pertenecen al grupo responden preguntas y hacen declaraciones

constitución: documento que define y limita los poderes de un gobierno y describe su organización

elecciones internas: reunión de los miembros de un partido político para elegir a los candidatos electorales del partido

embajadores: personas que representan al gobierno de su país en otro país

enmienda: un cambio en el texto de un proyecto de ley o un documento, como la Constitución

Gabinete: grupo de personas formado por quienes dirigen los departamentos del gobierno federal que asesoran al presidente

Gran Depresión: época de la década de 1930 con muchos problemas económicos en la que cerraron algunos bancos y mucha gente perdió su casa, granja y/o trabajo

hacer campaña: participar en una serie de actividades para lograr un objetivo en particular, como ser elegido para un cargo

informes: reuniones en las que un funcionario, como el presidente, recibe información importante de sus asesores

nominan: eligen a alguien para un cargo o nombran a una persona para un puesto

partidos políticos: grupos de personas con opiniones similares que trabajan juntas para ganar las elecciones

vetar: facultad del presidente de impedir que un proyecto de ley se convierta en ley

Índice

Air Force One 8, 29

Bush, George H. W. 9, 10
Bush, George W. 9

Carter, Jimmy 9
Casa Blanca 5, 6, 15, 16, 17, 19, 20, 29
Clinton, Bill 9, 21
Congreso 4, 6, 7, 8, 11, 19, 20, 23, 24, 26, 27, 29
Constitución de EE.UU. 4, 7, 10, 11, 15, 24, 28

Despacho Oval 17, 29

Eisenhower, Dwight D. 24
Estado de la Unión 11, 29

fuerzas armadas 8, 11, 26

Gabinete 4, 6, 8, 12, 17, 20
Guerra Civil 12, 14, 24

Harding, Warren 14

jefe de personal 20
Jefferson, Thomas 12, 24
Johnson, Lyndon B. 21

Kennedy, John F. 15, 18, 21, 29

Lincoln, Abraham 12, 14, 24

Nixon, Richard 15, 29
Nuevo Trato 12

Obama, Barack 9, 24, 27
Oficina Ejecutiva del Presidente (OEP) 6, 8, 20, 29

partidos políticos 14, 22, 26
poder ejecutivo 4, 6, 8, 27, 29

Revolución Americana 11, 12, 24
Roosevelt, Franklin D. 12, 14
Roosevelt, Theodore 12, 19

secretario de prensa 20
Segunda Guerra Mundial 14, 24

Trump, Donald J. 9, 15

vicepresidente (VP) 6, 20, 21, 23

Washington, George 4, 12, 14, 24

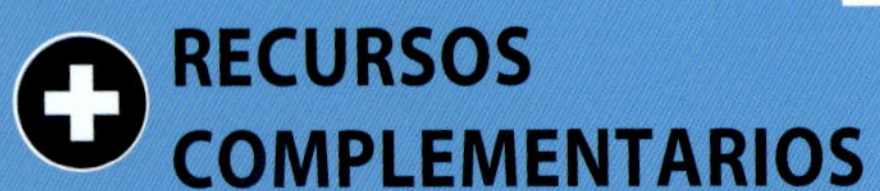

RECURSOS COMPLEMENTARIOS

Haga clic en el signo ⊕ que se encuentra en la esquina inferior izquierda de cada hoja para abrir más recursos para docentes.

- Descargue e imprima los cuestionarios y actividades del libro
- Acceda a las correlaciones curriculares
- Explore otras aplicaciones web que optimizan la experiencia de Lightbox

TÍTULOS DIGITALES DE LIGHTBOX

Incluyen un paquete completo de medios integrados

VIDEOS

MAPAS INTERACTIVOS

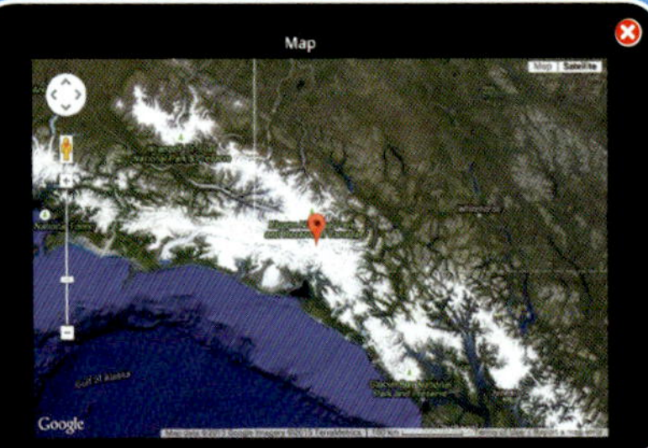

ENLACES WEB

PRESENTACIONES EN DIAPOSITIVAS

CUESTIONARIOS

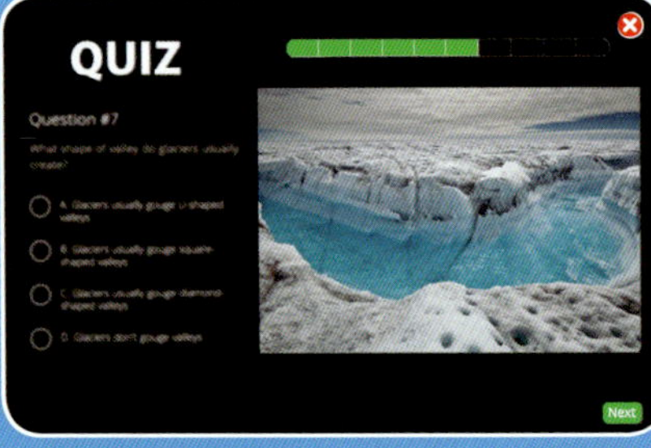

OPTIMIZADO PARA

- ✓ TABLETAS
- ✓ PIZARRAS ELECTRÓNICAS
- ✓ COMPUTADORAS
- ✓ ¡Y MUCHO MÁS!

Published by Smartbook Media Inc.
350 5th Avenue, 59th Floor
New York, NY 10118
Website: www.openlightbox.com

Spanish Project Coordinator Sara Cucini
Spanish Editor Translation Services LLC
English Project Coordinator John Willis
Designer Terry Paulhus

Library of Congress Control Number: 2018962632

ISBN 978-1-5105-4326-3 (hardcover)
ISBN 978-1-5105-4327-0 (multi-user eBook)

Printed in Guangzhou, China
1 2 3 4 5 6 7 8 9 0 24 23 22 21 20

012020
112019

Photo Credits
Every reasonable effort has been made to trace ownership and to obtain permission to reprint copyright material. The publisher would be pleased to have any errors or omissions brought to its attention so that they may be corrected in subsequent printings.

The publisher acknowledges Getty Images and iStock as its primary image suppliers for this title.